給孩子的世界經典故事

安徒生童話

幼獅文化　編著

園丁文化

編者的話

送給孩子最經典、寶貴的智慧

研究表明，人在 13 歲之前，記憶力最好，背誦過或者閱讀過的文字，都會在腦海中留下深刻的印象。在此時多閱讀優秀作品，從書中汲取營養，不僅對身心健康和智力發展大有裨益，而且會使人受益終生。

因此，我們從既經典又富教育意義的童話寓言中，精心編選了《給孩子的世界經典故事》系列，讓孩子走進天馬行空的故事世界，學會做人和處世的道理。

《伊索寓言》精選了 34 個相傳由古希臘文學家伊索所寫的故事。伊索曾不幸被賣為奴，後來因非凡的智慧備受賞識，最終獲釋。落泊的經歷使他在作品中抨擊不公義的社會，並通過生動的比喻，教導世人正直、勤奮等價值觀，鼓勵人們面對強大的對手亦不要氣餒，孩子可從中學會做人處世的道理。

《格林童話》的 12 個故事，輯錄自 19 世紀德國格林兄弟出版的童話書。當時德國正面臨瓦解的局面，為了保存民族文化，格林兄弟蒐集民間故事，把它們編寫為給大人和孩子的童話書。格林兄弟力求保留故事的原貌，但部分內容並不適合兒童，所以其後盡量淡化那些情節，好好

潤飾文字，使故事漸變成現今在市面上流通的版本。故事的主角大多以堅強、勇氣、正直等特質戰勝邪惡的敵人，孩子可從中學習良好的品格。

《安徒生童話》的 14 個故事，精選自 19 世紀丹麥作家安徒生的作品。安徒生家境貧困，加上父親早逝，自幼受盡白眼，以致長大後遊歷各地時，對愚昧貪婪、貧富不均等社會現象感受甚深。於是，他在作品中批判這些社會醜惡，流露對貧苦百姓的同情，孩子可從中學會分辨真善美和假惡醜。

這些童話寓言或因創作背景，以致部分價值觀跟現今社會有些不同，然而當中不少道理至今仍是至理名言。良好的讀物，會有生動有趣的文字，精美靈動的圖畫，詮釋得淋漓盡致的內容。跟孩子細細品讀的過程中，可以把多元的知識、豐富的情感、深刻的哲理、審美的趣味悄悄進駐孩子們的心田，讓孩子們變得更聰明，也更善於發現世間的美。

目 錄

人魚公主⋯⋯⋯⋯⋯⋯⋯6

賣火柴的小女孩⋯⋯⋯⋯⋯14

國王的新衣⋯⋯⋯⋯⋯⋯20

醜小鴨⋯⋯⋯⋯⋯⋯⋯29

堅定的錫兵⋯⋯⋯⋯⋯⋯39

踩麵包的姑娘⋯⋯⋯⋯⋯47

夜鶯⋯⋯⋯⋯⋯⋯⋯56

一個豆莢裏的五顆豆⋯⋯65

拇指姑娘⋯⋯⋯⋯⋯⋯73

野天鵝⋯⋯⋯⋯⋯⋯83

老頭子做的事總是對的⋯93

笨蛋漢斯⋯⋯⋯⋯⋯⋯100

打火匣⋯⋯⋯⋯⋯⋯109

紅鞋子⋯⋯⋯⋯⋯⋯119

人魚公主

　　你知道海底是怎樣的嗎？那裏生長着美麗的花草，各種各樣的魚就在這些花草間游來游去。海王和他的女兒們就住在那裏。

　　海王的妻子很早就去世了，他的六個公主都是跟着祖母長大的。這些公主們都長着人的身子，但她們沒有腿，只有一條魚尾巴，所以我們叫她們人魚公主。

這些人魚公主個個都很漂亮，而年紀最小的那個是當中最美麗的。她的皮膚又滑又嫩，眼睛是藍色的，就像最深的海水一樣。

祖母經常對自己的六個孫女說：「等你們到十五歲，就可以游到海面上去玩了。」

小公主最渴望到海面上玩，不過她才十一歲，還要多等五年。姊姊們經常給她講海面上好玩的事情，小公主羨慕極了！

時間過得真慢呀，小公主終於到十五歲了。祖母說：「你長大了，可以游到海面上玩了。」她給小公主戴上用百合花編織的花環，還在每一片花瓣上放了一顆珍珠。這下子，小公主更漂亮了！

小公主游到海面上，夜色中，她看見一艘燈火輝煌的大船停在不遠處，人們正在唱着歡

快的歌。原來是一位王子在慶祝十六歲生日。

當王子走到甲板上時，人們便放起了美麗的煙花。小公主一看到那位年輕英俊的王子，立刻愛上了他。小公主在那艘船的周圍游着，想多看王子幾眼，遲遲不肯回到海底。

到了半夜，天氣突然變了，下起了暴雨，還颳起了狂風。王子的船被大風吹得東搖西晃，最後被吹翻了。小公主很擔心王子，到處找他。

等到小公主找到王子的時候，王子已經暈過去了。小公主就帶着王子游到海灘上。

天亮了，小公主怕別人看到自己，就躲到岩石後面。不一會兒，有個年輕漂亮的女孩過來了。她看見有人躺在地上，嚇了一跳，連忙叫了幾個人過來看看。

這時候，王子醒來了，他以為是眼前的女孩救了自己，對她非常感激。

小公主回到海底後，十分想念王子。她渴望擁有一雙腿，能夠像人類一樣去見王子。於是，她去找海底巫婆幫忙。

海底巫婆說：「我的藥可以幫你長出兩條腿。但是你吃了藥後，尾巴會像被刀割開一樣痛，以後你每走一步路，都會像踩在刀尖上一樣。而且，假如你得不到王子的愛情，不能和他結為夫婦的話，你就會變成海上的泡沫。」

小公主聽了並不害怕，她太希望和王子在一起了，就說：「我知道了，請給我藥吧。」

海底巫婆説：「你要用你的聲音來和我交換，不然我是不會把藥給你的。」

為了得到藥，小公主同意了，從此變成了啞巴。她喝下了藥，感覺像有一把刀子插進了身體，她痛得暈了過去。

當小公主醒來時，看見王子正微笑地看着自己，她感到幸福極了。

王子親切地問小公主是誰，從哪裏來。小公主説不出話，只能温柔地看着王子。王子太喜歡她了，便帶她回到王宮。

日子一天天過去，小公主越來越喜歡王子，王子也喜歡她，不過只是把她當作小妹妹。

不久，老國王要王子去迎娶鄰國的公主。在開往鄰國的船上，王子告訴小公主：「我一直很喜歡在海灘上救了我的那位女孩。除了她，我不會娶別人的。」

　　當王子見到鄰國那位公主後，高興極了。原來她就是王子在海灘上見到的那位女孩！王子決定馬上跟她結婚。

　　王子對小公主說：「小妹妹，這位公主就是在海灘上救了我的女孩，你替我高興嗎？」

　　小公主笑着點了點頭，溫柔地看着王子，但覺得自己的心都碎了。小公主知道，在王子結婚後的第一個早晨，自己就會變成海上的泡沫。

　　王子的婚禮是在一艘美麗的輪船上舉行的。小公主站在甲板上為大家跳舞，她的舞姿太優美了，

所有人都為她鼓掌。但沒有人知道小公主的腳有多痛，她每跳一步，就像被鋒利的刀子割了一下。可是小公主不在乎，因為她的心比這還要痛！

為了王子，她離開了自己的家鄉，拋棄了自己的親人，失去了自己的聲音；為了王子，她每走一步路都要忍受着疼痛。可是，這一切王子一點兒都不知道！

等到所有人都睡着後，小公主站在船邊，等待着早晨的到來。她知道不久後，自己就會變成海上的泡沫了。

突然，她看到五個姊姊在遠處向她招手。她們說：「我們把頭髮給了海底巫婆，用來換了這把刀。海底巫婆說，只要你殺死王子，你的腿就會再變成魚尾巴了。」姊姊們催促小公主抓緊時間，因為太陽快要出來了。

小公主拿着刀，走進了王子的房間，看見王子和他的新婚妻子甜蜜地睡在一起。小公主

非常傷心，她是多麼希望自己能成為王子的妻子啊！雖然她很痛苦，可是她實在太愛王子了，根本捨不得把他殺死。

太陽即將出來了，小公主把刀扔到了大海裏，接着跳進了大海。她感到自己的身體變成了泡沫，慢慢地升了起來。她越升越高，最後來到了天使居住的地方。

小公主的善良感動了每一位天使。天使們讓小公主和他們一起住在紅色的雲彩上面，一起做好事，給人類送來歡樂。

賣火柴的小女孩

平安夜的晚上，天氣冷得嚇人，風呼呼地吹着，天上還飄着雪花。大街上的人都回家了，今晚正是全家團圓的美好時光。

這麼冷的夜晚，只有一個小女孩走在大街上。她穿着媽媽的大拖鞋，在大街上叫賣火柴。在過馬路的時候，一輛馬車飛快地衝過來，小女孩嚇得趕緊躲開，一不小心把兩隻拖鞋丟掉了。

其中一隻拖鞋被一個調皮的小男孩撿去了。小男孩舉着拖鞋說：「這隻拖鞋真大，等以後我有孩子了，剛好可以用來給他做搖籃。哈哈哈！」

另一隻拖鞋
也丟掉了，小女孩
沒辦法，只好光着
腳走路。不久，她的
雙腳就被凍得青一塊
紫一塊。

小女孩身上圍着一條
舊圍裙，裏面裝滿了火柴。
她已經走了一整天，卻沒
有賣掉一根火柴，一分錢
都沒掙到。小女孩怕爸爸
生氣，所以不敢回家。

小女孩有一頭
金黃色的長鬈髮。
雪花落在她的頭髮
上，像是給她戴上
了一朵朵白色的小
花，美麗極了！可是，

小女孩根本沒有心思去留意自己的頭髮有多好看。她現在又冷又餓，而且雙腳已經凍僵了。

今天是平安夜，各家各戶的窗戶都透出耀眼的燈光。小女孩聞到了窗縫裏飄出來的烤鵝香氣，她覺得好餓啊！

走了好一會兒，小女孩實在走不動了，就坐在一戶人家的外面。她把腳藏在衣服裏，想讓腳暖和一些。可是這樣一點用也沒有，因為她的衣服實在太單薄了！

小女孩太冷了，就點燃了一根火柴。她把手放在火苗上，感覺到自己彷彿就坐在火爐旁一樣，真舒服啊！小女孩還想再暖和一下腳，可是火苗熄滅了，她手裏只留下一根燒剩的火柴梗。

小女孩
忍不住又擦亮
了一根火柴。火
光照亮了她的周圍，
她覺得自己好像能透過牆
壁看到房間裏面。

　　在房間裏，桌子鋪着雪白的
大桌布，上面放着一隻熱氣騰騰
的烤鵝。那隻身上插着餐刀的烤鵝
好像也看到了小女孩，從桌子上跳下
來，一搖一晃地向她走了過來。

　　小女孩高興極了！可是就在她快要摸到烤
鵝的時候，火柴又熄滅了，她的眼前只剩下一
道冰冷的牆。

　　小女孩又劃了一根火柴。這一次，她發現
自己坐在一棵美麗的聖誕樹下，樹上掛着很多
好吃的糖果。可是，當小女孩伸出手去拿糖果
的時候，火柴又熄滅了。

小女孩心裏很難過。她抬起頭，看到天上有一顆星星落下，在空中劃出了一道美麗的痕跡。小女孩想起過世了的祖母曾說過：「要是天上有一顆星星落下來，地上就有一個靈魂要到天堂裏去了。」小女孩想：真羨慕這個要去天堂裏住的人呀！

　　小女孩又劃着了一根火柴，她想看清楚那顆星星落到哪裏。火柴點燃後……呀！小女孩看到祖母就站在亮光裏，慈祥地看着她。

　　小女孩很想念祖母呀！她哭着說：「祖母啊，您把我帶走吧！我知道火柴一熄滅，您就會不見了，會像那些烤鵝、聖誕樹一樣不見

18

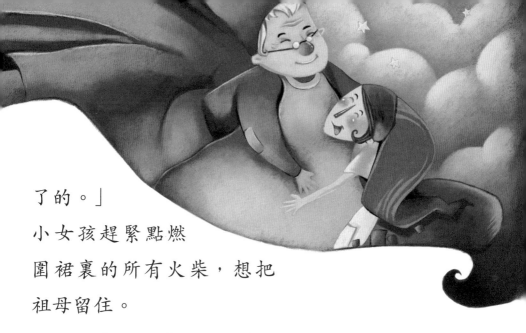

了的。」

小女孩趕緊點燃
圍裙裏的所有火柴，想把
祖母留住。

　　火柴燃燒着，火苗真温暖。祖母笑着把小
女孩緊緊地摟在懷裏。她們一起快快樂樂地向
天上飛去，一直飛到了天堂。那裏沒有飢餓，
也沒有寒冷。

　　第二天一大早，人們發現賣火柴的小女孩
靠在牆角，臉色蒼白，身體已經凍僵了。她周
圍散落着許多火柴梗，她的手裏還揑着一根燃
燒過的火柴。

國王的新衣

　　從前，有個非常喜歡穿新衣服的國王，他一天要換十幾套新衣服。而且，他整天想的問題就是：今天我穿什麼衣服好呢？哪裏有好看的衣服賣？

　　一天，兩個騙子來見國王，説：「我們倆是頂級的裁縫，能夠織出全天下最美麗的布，並且只有聰明人才能

看見這種布，愚笨的人是看不見的。」

聽了這番話，國王心想：多神奇的布啊！我一定要用這種布做一套衣服，有了這樣的衣服，就能知道我的大臣們哪個聰明，哪個愚笨了！於是，國王給了騙子很多金子，要他們趕快織這種神奇的布。

兩個騙子把國王給的金子偷偷地裝進了自己的口袋，然後在房間裏擺出兩架織布機。他們每天就坐在沒有任何絲線的織布機前，假裝賣力地織布。

一個月後，國王派了一個他認為最聰明的大臣去看織布的情況。

這位大臣走進了騙子的房間，看見兩台織布機上空蕩蕩的，嚇了一大跳，心想：天哪，我怎麼什麼都沒看見？難道我是愚笨的人嗎？

兩個騙子指着空蕩蕩的織布機問這位大臣：「您覺這些布漂亮嗎？」大臣心想：我不能讓別人知道我看不見這種布，不能讓人們說我是笨蛋。於是這位大臣就故意裝作很認真的樣子，仔細瞅着空蕩蕩的織布機，一邊看一邊說：「多漂亮的布呀，多好看的花紋呀！我對這些布非常滿意！」

兩個騙子偷笑了好一陣子。他們向大臣要了許多金子，說是要買織布的材料。當然，他們又把金子裝進了自己的口袋，接着在織布機前假裝賣力地工作。

這位大臣回到王宮後，對國王説：「那兩個織工織出來的布非常漂亮！我這輩子都沒有見過那麼美麗的布！」

過了一個月，國王又派了一位大臣去看布織得怎麼樣。這位大臣同樣什麼都看不到。

大臣圍着空蕩蕩的織布機轉了好幾圈，弄不清楚到底是怎麼回事，心想：發生了什麼事啊？織布機上明明是空蕩蕩的。難道我是笨蛋？不行，我不能讓別人知道我什麼都沒看見。

那兩個騙子指着空蕩蕩的織布機問大臣：「您看這些布美麗嗎？」

「這些布真美，我太喜歡這些布了！」這位大臣一邊説，還一邊用手摸着實際上並不存在的布。

這位大臣回到國王那裏，也撒謊説：「那些布

真是漂亮極了。陛下，您又有好看的新衣服穿了！」

國王聽了十分高興。第二天，他就帶着那兩位大臣來看騙子織的布。

一進房間，國王就看到那兩個騙子圍着空蕩蕩的織布機忙個不停。

兩位大臣心想：尊貴的陛下比我們聰明，他肯定能看見這種布。於是，他們爭着對國王說：「陛下，您看這些布多漂亮啊！您喜歡嗎？」

國王被大臣們弄糊塗了，心想：奇怪，我怎麼什麼都沒看見？難道我是笨蛋嗎？不行，我可不能讓人知道我看不見這些布。於是，他笑眯眯地說：「啊，這種布太好看了，我非常滿意！」

兩位大臣又說：「陛下，這種布那麼美麗，用它做禮服最合適不過了，您正好可以穿上它參加後天舉行的巡遊大典。」

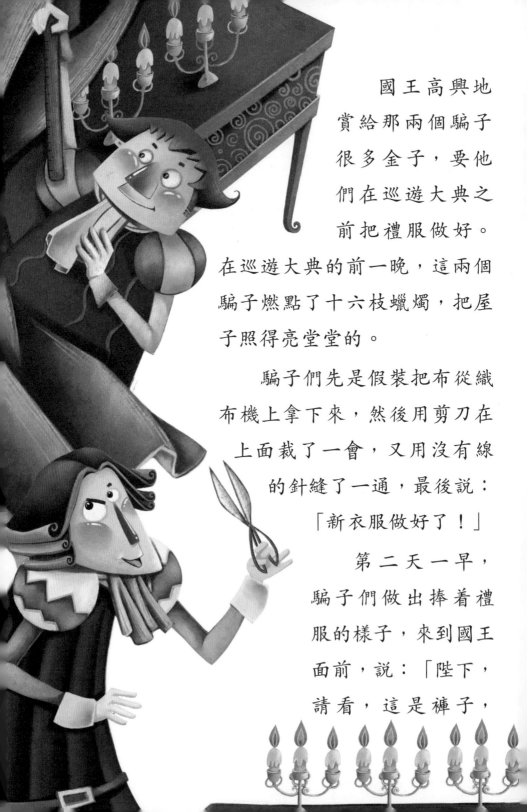

國王高興地賞給那兩個騙子很多金子，要他們在巡遊大典之前把禮服做好。

在巡遊大典的前一晚，這兩個騙子燃點了十六枝蠟燭，把屋子照得亮堂堂的。

騙子們先是假裝把布從織布機上拿下來，然後用剪刀在上面裁了一會，又用沒有線的針縫了一通，最後說：「新衣服做好了！」

第二天一早，騙子們做出捧着禮服的樣子，來到國王面前，説：「陛下，請看，這是褲子，

這是袍子，這是外衣。這些衣服非常柔軟，穿上去就好像沒有穿一樣，多麼奇妙啊！」

兩個騙子接着說：「陛下，請讓我們幫您穿上這套美麗的衣服吧。」

他們裝作給國王穿衣服，一會兒說：「陛下，先給您穿上衣，請抬起胳膊！」一會兒說：「陛下，該給您穿褲子了，請抬起腳！」

騙子們圍着國王轉來轉去，最後說：「陛下，衣服穿好了，多麼漂亮呀！您喜歡嗎？」

國王裝作自己能看見新衣服的樣子，在穿衣鏡前面左看看，右看看，說：「不錯，真漂亮！我很喜歡！」

所有大臣都說：「陛下穿上新衣服後，看上去多麼英俊呀！」其實他們都在撒謊，因為誰都不想被別人當作笨蛋。

27

巡遊大典開始了，國王神氣十足地走在街上。人們看見國王都嚇了一跳，因為沒有人能看見他身上穿着的「衣服」。

　　不過，他們像國王和大臣們一樣，都不想被別人認為是笨蛋，於是爭着喊：「多好看的衣服啊！陛下穿着它真是合身極了！」

　　突然，有個小孩子說：「陛下只穿了一條內褲啊！」小孩子旁邊的人聽到了，就把這番話悄悄地傳開了。最後，人們都說：「陛下只穿了一條內褲在巡遊！」

　　聽了這番話，國王有點害怕，可他還是鼓足勇氣，繼續大搖大擺地在街上走着，直到巡遊大典結束。

醜小鴨

夏天的鄉村真是美麗極了！小麥黃澄澄的，燕麥綠油油的，小河「嘩啦嘩啦」地流着。明亮的陽光下有一座舊房子，從舊房子到小河之間，長滿了牛蒡。

一隻鴨媽媽正蹲在窩裏孵蛋。突然，「啪」的一聲，第一顆蛋終於裂開了，緊接着又有一顆蛋裂開，毛茸茸的小鴨子們終於出來了，他們抬起頭嘎嘎地叫着。

可是，還有一顆蛋沒有動靜。鴨媽媽說：「這隻小鴨子太懶了，這麼長時間都不肯出來，真把我累壞了。」說完，又在窩裏蹲了下來。

又過了幾天，那顆蛋總算裂開了，一隻小鴨子一邊「嘎嘎嘎」地叫着，一邊慢騰騰地爬了出來。他長得又大又醜，一點兒都不像其他小鴨子那麼可愛。鴨媽媽見了，就說：「以後就叫你醜小鴨吧。」

第二天是個好天氣，鴨媽媽帶着她的小鴨子們到河裏學習游泳。

鴨媽媽第一個跳下水，小鴨子們也一個接一個地跳了下去。他們玩得真開心呀！

等到小鴨子們都玩夠了，鴨媽媽便帶着他們來到農舍裏。突然，一隻鴨子飛出來，猛地啄了一下醜小鴨的脖子。

「不要啄他，他沒有做錯事啊！」鴨媽媽生氣地說。

那隻鴨子理直氣壯地分辯道：「他是沒有做錯事，但是他長得太醜了，所以我們討厭他。」

農舍裏除了鴨媽媽，沒有人喜歡醜小鴨，大家總是聯合起來欺負他。鴨子們咬他，雞也啄他，就連餵雞鴨的女僕也用腳踢他。

醜小鴨實在住不下去，就逃走了。他拼命地往前跑，最後來到了一片沼澤地，那裏住着一羣野鴨子。

野鴨子看到醜小鴨，都圍過來說：「嘿，你是一隻什麼鴨子啊？長得可真醜！」

其中一隻野鴨說：「只要你長大後，不和我們這裏的鴨子結婚，你就可以住在這裏。」

醜小鴨感激地點點頭。可憐的小傢伙走了一天後

累壞了，很快就躺在沼澤地裏睡着了。

突然，「啪啪！」空中傳來兩聲槍響，把醜小鴨驚醒了。他看到兩隻野鴨子掉到草叢裏，其他野鴨子慌忙飛走了。

醜小鴨十分害怕，他把頭藏在翅膀底下。這時候，一條獵狗跑了過來。他聞了聞醜小鴨，「唰」地一下跑了。

醜小鴨歎了口氣，說：「唉，就連獵狗都嫌我長得醜，不願意咬我。」

過了好一會兒，醜小鴨才敢悄悄地伸出頭來。他拼命地向前跑，想離開這塊沼澤地遠一點。

快要天黑的時候，醜小鴨來到了一間破舊的小農舍前，再也走不動了。他看見門口有個小洞，就悄悄地鑽了進去，想在裏面休息一下。

　　第二天早上，住在農舍裏的老太太發現了醜小鴨，説：「太好了，以後我就有鴨蛋吃了。你可千萬別是隻公鴨子啊！」

　　農舍裏還住着一隻貓和一隻母雞，老太太讓醜小鴨和他們倆一起住。

　　那隻貓很驕傲，他會拱起背「咕嚕嚕」地叫。他問醜小鴨：「你能拱起背『咕嚕嚕』地叫嗎？」醜小鴨搖搖頭。那隻母雞很會下蛋，就問醜小鴨：「你會下蛋嗎？」

　　醜小鴨又搖搖頭。

　　貓和母雞見醜小鴨什麼都不會，就嘲笑他道：「你真是個大笨蛋，什麼都不會做。」醜小鴨聽了，

難過地低下了頭。

醜小鴨想：這裏的人都不喜歡我，我還是到外面去吧。

到了晚上，醜小鴨偷偷地離開了農舍，朝森林走去，很快他就找到了一個池塘。醜小鴨很滿意這個地方，就住了下來。秋天到了，樹林裏的葉子都變成了金黃色的，天氣也慢慢地冷了起來。

一天晚上，一羣美麗的天鵝從醜小鴨頭頂上飛過，他們的歌聲動聽極了，羽毛像雪一樣白。

醜小鴨非常羨慕他們，覺得那些天鵝實在太漂亮了。他真希望能和天鵝們住在一起！

冬天來了，天氣越來越冷，池塘也開始結冰了。醜小鴨冷得直發抖，他每天都拼命地游

泳，希望能讓自己暖和點，可是一點兒用都沒有。最後，醜小鴨沒有一絲力氣了，躺在池塘裏一動也不動，很快就被凍在冰塊裏了。

第二天早晨，一個農夫路過池塘，看到了醜小鴨，就把他救出來，送給了自己的妻子。醜小鴨在温暖的房間裏慢慢地蘇醒過來。他害怕地看着周圍，不知道發生了什麼事。

當農夫的孩子想和醜小鴨玩耍時，他以為孩子們要來傷害他，嚇得飛了起來，一不小心就跳進了裝滿牛奶的木桶裏，接着又跳進了麵粉盆裏。現在他的樣子更醜了！

孩子們哈哈大笑起來，農夫的妻子氣得「哇哇」直叫。醜小鴨嚇得逃了出來，跑到森林裏去。他太累了，便躺在草叢裏，

一會兒就睡着了。

等到醜小鴨睡醒時，春天已經來了。溫暖的陽光照在醜小鴨的身上。醜小鴨睜開眼睛，看着周圍美麗的景色，高興極了！他忍不住用力地拍了拍翅膀，竟然一下子飛了起來！

醜小鴨嚇了一跳，還沒弄清楚是怎麼回事，就飛到了一座寧靜的花園裏，落在一個湖中。這兒的蘋果樹開着花兒，草地翠綠柔軟，湖裏還有三隻潔白的天鵝，所有東西看上去都很美麗。

醜小鴨心想：我要到那些美麗的天鵝那兒去，哪怕被他們嫌棄，也比被鴨子咬、被雞啄、被餵雞鴨的女僕趕來趕去強得多。

於是，醜小鴨朝那些天鵝游去。天鵝們看

見醜小鴨，高興地張開翅膀向他飛過來。可憐的醜小鴨心想：他們一定是嫌我長得太醜，要來啄我，趕我走。他傷心地低下了頭。

但是，你猜他在水裏看到什麼了？湖水照出了醜小鴨的樣子，他不再是一隻醜陋的小鴨子，而是一隻美麗的天鵝！

原來，醜小鴨的媽媽是一隻天鵝，她不小心把蛋下在鴨窩裏。於是，鴨媽媽就把醜小鴨孵出來了。

醜小鴨非常高興啊！那三隻天鵝圍着他，不停地用嘴親他的羽毛。看得出來，天鵝們都打從心底裏喜歡醜小鴨。

這時，有幾個小孩走進花園，把麵包和餅乾扔到水裏，説：「快看啊，又來了

一隻天鵝，這隻新來的天鵝
又年輕又美麗！」

　　醜小鴨害羞地低下了頭，把頭藏進了翅膀
裏。他太高興了！以前人們都說他長得醜，沒
有人喜歡他，現在有這麼多人說他漂亮。

　　醜小鴨感到幸福極了，不過他沒有驕傲，
心想：我不能忘記過去受過的苦，當我還是一
隻醜小鴨時，可從沒想過有一天我會這麼幸
福！

堅定的錫兵

從前有二十五個錫兵，他們都是用一把舊錫湯勺鑄出來的。可是做到第二十五個錫兵的時候，錫不夠用了。沒辦法，最後一個錫兵只好用一條腿站立。

錫兵們的樣子可神氣啦！他們穿着漂亮的制服，肩上扛着槍，排着隊站在商店的櫥窗裏。

有一天，一位老爺爺把這些錫兵買走了，當作生日禮物送給了孫子。

小男孩看到這些錫兵很高興，馬上把錫兵擺在靠近街道的窗台上。

窗台下面的桌子擺滿了玩具，

其中最美麗的當屬一座用紙做的宮殿。宮殿前面種着一些小樹，幾隻蠟做的天鵝站在樹下面，還有一位紙做的漂亮女孩站在宮殿的門口。

那位女孩穿着一條漂亮的裙子，頭上別着一個藍色的蝴蝶結，手裏拿着一朵玫瑰花。她張開雙臂，高高地抬着一條腿，只用一條腿站着，正在跳芭蕾舞呢。

那個只有一條腿的錫兵看到這位女孩後，不知道她是有兩條腿的，還以為她和自己一樣呢。他想：太好了，我們倆都是一條腿，她正好可以做我的妻子。

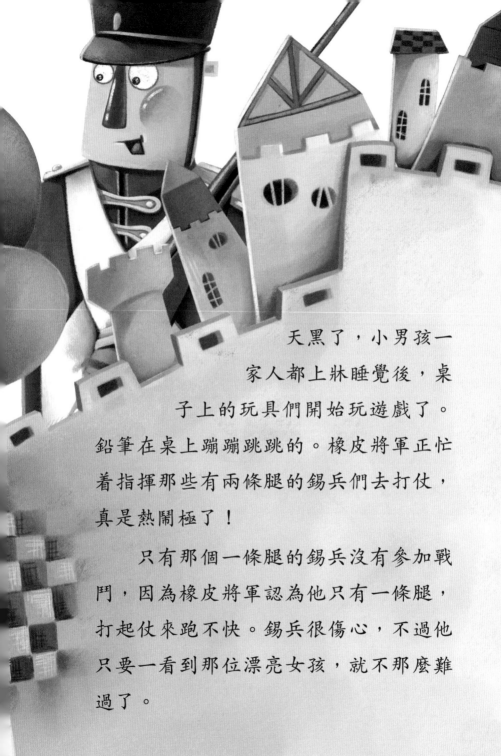

天黑了，小男孩一
家人都上牀睡覺後，桌
子上的玩具們開始玩遊戲了。
鉛筆在桌上蹦蹦跳跳的。橡皮將軍正忙
着指揮那些有兩條腿的錫兵們去打仗，
真是熱鬧極了！

只有那個一條腿的錫兵沒有參加戰
鬥，因為橡皮將軍認為他只有一條腿，
打起仗來跑不快。錫兵很傷心，不過他
只要一看到那位漂亮女孩，就不那麼難
過了。

鐘敲了十二下。鼻煙盒的蓋子突然「砰」地打開來，一隻黑色的妖精跳了出來，說：「錫兵，不要做夢了，那位女孩是不會嫁給你的！」但錫兵假裝沒聽到他說的話。

第二天早上，黑妖精使用法術，颳起了一陣風。錫兵沒站穩，掉到了窗戶外面的大街上。他覺得身體很痛，不過他一聲也不吭，他認為軍人是不應該喊痛的。

不一會兒，下起了大雨。兩個小男孩路過這裏，其中一個小男孩說：「瞧，這裏有一個錫兵。我們摺一條紙船，讓他站在上面去航行吧。」另一個男孩聽了，高興得不停地拍手。

於是，他們摺了一條

紙船，把錫兵放了進去，讓他順着街道旁邊的水溝漂流。

水溝裏的水流得真急，紙船在水裏搖來晃去的，可是錫兵站在船上一點兒都不害怕。他堅定地看着前方，勇敢地扛着槍。

船漂進了一座大橋的洞裏，裏面可真黑呀！錫兵心想：我這是到了哪裏？那位漂亮女孩現在要是和我在一起多好啊，再黑我也不怕。

正當他想念那位漂亮女孩的時候，一隻大老鼠擋在了他的前面。老鼠説：「這裏是我的家，你想從這裏過去，就要先交過路費。」

錫兵沒有理會他，緊緊地握着槍，船繼續向前漂去。老鼠沒有收到錢，氣壞了。他對前面的乾草大聲喊：「攔住他，攔住他，他還沒有給錢呢！」

但是水越流越急，船越漂越快，誰也沒能攔住錫兵。

錫兵乘坐的船隨着水流漂到了小河裏。對於他來説，這種情況十分危險，可是有什麼辦法呢？水流得太快了，他沒辦法讓船停下。可憐的錫兵只能挺直腰桿，勇敢地繼續往前漂去。

慢慢地，錫兵的船爛掉了。在水快要淹沒錫兵的時候，錫兵又想起那位漂亮女孩。他很傷心，覺得自己再也見不到她了。

突然，來了一條大魚，他一口把錫兵吞進了肚子裏。啊，魚的肚子真黑，比大橋的洞黑得多了！但是錫兵仍然不害怕。他扛着槍躺在魚肚子裏，一動也不動。

過了很久，錫兵感到魚突然不游動了；緊接着，他看到了一束陽光。一把聲音叫了起來：「這不是我們家的錫兵嗎？」

原來那條魚被人捉住，拿到市場上去賣，而小男孩的媽媽剛好買了這條魚。

多麼巧合啊，錫兵又回來了！大家都很羨慕錫兵，認為他在魚肚子裏旅行過，真是太了不起了！

錫兵又能看到那位漂亮女孩了，他高興得一直流淚。要知道，錫兵是多麼想念她呀！

突然，調皮的小男孩被鼻煙盒裏的黑妖精施了魔法，他把錫兵扔進了壁爐裏。

錫兵被火苗燒着，覺得很熱。慢慢地，他身上的顏色褪掉了，錫兵感到自己快要熔化了。他仰起頭來看着那位漂亮女孩，十分傷心。

那位女孩也看着他，默默地流下眼淚。忽然，天上颳起了一陣大風，那位女孩就像仙女一樣，輕盈地飄到了錫兵身邊。他們兩個終於在一起了。壁爐裏的火苗「嗖」地一下了燃燒起來，像是在給他倆祝賀呢！

第二天早上，小男孩的媽媽清理爐灰時，看見了一顆小小的錫心，這是錫兵變的。

瞧，這個錫兵是多麼堅定啊！

踩麵包的姑娘

從前有個叫英娥的農村小女孩，她的媽媽為了養活一家人，每天都要上山砍柴。

英娥的脾氣壞透了，總是喜歡捉一些小昆蟲，像蜜蜂、金龜子、甲蟲什麼的，然後拔掉這些蟲子的翅膀或殼，再用針刺牠們。

看見這些蟲子痛苦地掙扎，英娥就在旁邊哈哈大笑，覺得這樣有趣極了。

看到英娥做的這些壞事，很多人想要教訓她。但是她長得太漂亮了，哭起來又那麼可憐，所以大家一次又一次地原諒了她。

　　英娥八歲時，媽媽把她送到了城裏的有錢人家去當幫工。主人對英娥很好，給她買了很多好看的新衣服。穿上了新衣服的英娥看起來更漂亮了，也越來越驕傲了。

　　不知不覺過了一年。有一天，主人對英娥說：「英娥，你該回家去看看你的父母了。」

　　於是，英娥穿上最好看的衣服回家。她想讓大家看看她現在過得有多好。

　　英娥一到村口就看到了媽媽。當時，媽媽剛好從山

上砍柴回來，坐在一塊
大石頭上休息。

看到自己穿得這麼
漂亮，而媽媽卻穿得那
麼破爛，英娥覺得自己
有這麼一個貧窮的媽媽
很丟臉，於是轉身走了。她沒有和媽媽說話，
更沒有回家去看看。

轉眼又過了半年，主人對英娥說：「英娥，
帶上這些麵包回去看看你的媽媽吧，她一定會
非常高興的。」

於是，英娥穿上了最好看的衣服和鞋子，
再次回家。她每一步都走得很小心，生怕弄髒
了鞋子和衣服。英娥走着走着，前面忽然出現
了一片爛泥。

英娥實在不願意從爛泥上走過去，她看了
看手裏拿着的麵包，想了一會，就把麵包扔到
爛泥裏，想要從麵包上走過去。

當她抬起一隻腳站在麵包上，準備抬起另一隻腳的時候，麵包開始往下沉，並越沉越深。慢慢地，英娥陷進爛泥裏。

英娥一直沉到了沼澤妖精的造酒工廠裏，那裏又髒又冷，到處都是爛泥巴。

英娥嚇得渾身發抖。沼澤妖精的造酒廠實在太冷了，很快地，她就凍僵了。

英娥的兩隻腳還踩在麵包上呢。結果，她和麵包凍在一起。她現在的樣子就像大理石雕像一樣，一動也不能動，只有眼珠可以轉來轉去。

到了這個時候，英娥仍然非常驕傲，認為自己是這個工廠裏最漂亮的女孩。

英娥還不知道，她的衣服上全是爛泥，幾十隻癩蛤蟆趴在她的衣服上，她的頭髮上還纏着一條蛇，沒有翅膀的蒼蠅和金龜子爬滿了她的臉！

哎呀，英娥的樣子真是糟糕透了！

不過最糟糕的是她肚子餓了。英娥多想從她踩着的麵包上掰下一塊來吃呀，可是不行，她的背太僵硬了，沒法彎下腰去。

英娥難受極了，心想：再這樣下去，我會餓死的。但她一點兒辦法也沒有。

英娥的母親知道女兒陷到了地下後，很傷心，大聲哭着說：「可憐的英娥，媽媽很想念你呀！」

母親的哭聲順着風傳到了英娥的耳朵裏。英娥難過極了，她也想念媽媽呀，並且很後悔以前做了那麼多讓媽媽傷心的事。

人們把英娥的故事講給自己的孩子聽，好讓孩子們知道，糟蹋糧食是多麼可恥的事情。

一位祖母也把英娥的故事講給自己的孫女聽。這個善良的小女孩聽後，哭着說：「英娥多麼可憐啊！她還能再回到地面嗎？」

祖母說：「哦，如果英娥能夠認錯的話，她還是可以回到地面上來的。不過她現在那麼驕傲，是不會認錯的。」

「但願英娥能趕快認錯。只要她能回到地面，我願意把我的小玩具分給她玩。」小女孩說。

時間過得真快，這個善良的小女孩也變成了一位老婆婆，她一直擔心英娥呢。她在要去天堂的時候，說：「可憐的英娥，你到現在還不肯認錯嗎？」

老婆婆的善良感動了一位天使，這位天使把老婆婆的話帶到英娥那裏。

英娥聽到這些話，羞愧極了。她大聲地哭着，希望天使能夠原諒她犯的錯。

英娥哭着哭着，突然，一線亮光射到她的身上，她一下子變成了一隻黑色的小鳥。這隻小鳥用最快的速度飛向地面。

到了地面後，小鳥決心用自己的勞動來彌補以前犯下的錯誤。

冬天，有很多小鳥都找不到東西吃，這隻小鳥就不停地到處找吃的。這隻小鳥在田地裏找到了麥子，在商店的門口找到了麵包屑。

但是這隻小鳥只吃一點點，把大部分的麵包屑和麥子都留給其他小鳥充饑。

整個冬天，這隻小鳥一直在尋找麵包屑。這隻小鳥飛到各個地方，直到找到的麵包屑加起來和英娥踩在腳下的麵包一樣重。

當這隻小鳥找到最後一粒麵包屑的時候，翅膀一下子變成了純潔的白色，拍打翅膀的時候也更加有力了。

一羣小孩看到這隻白色小鳥，高興地喊着：「瞧，那邊有隻勤勞的海燕！」

這隻海燕就是由英娥變成的，她通過努力，終於得到了人們的原諒！

夜鶯

　　很久以前，有一位中國皇帝，他有一座美麗的花園。在花園盡頭有一片大森林，裏面住着一隻夜鶯。他唱歌非常好聽，不管誰聽到了，都會說：「噢，夜鶯的歌聲多麼動聽啊！」但皇帝卻不知道自己的花園裏有一隻夜鶯。

　　很多去過皇帝花園的外國人都喜歡夜鶯的歌聲。這些旅行者回到自己的國家後，都寫書來讚美夜鶯的歌聲。日本皇帝就有一本這樣的書，他把這本書送給了中國皇帝。

　　一天，中國皇帝坐在金椅子上看這本書。當他看到書

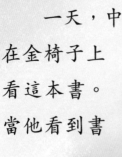

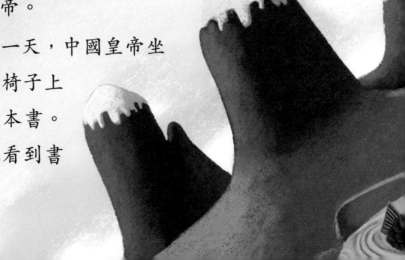

上説他的花園很漂亮時，
非常得意。當他讀到「其
中要數夜鶯的歌聲最動聽」
這句話時，他把侍臣叫來，
問道：「這本書裏寫着，
在我的花園裏有一隻夜鶯，

他唱的歌很動聽。你現在就去把他找來。找不到，你就得捱板子。」

這位侍臣立刻在皇宮裏到處打聽。他問了很多人，但是沒有一個人見過這隻夜鶯。最後，他問到了廚房裏的一個小姑娘。

小姑娘對侍臣說：「我見過這隻夜鶯，他的歌聲很動聽。我經常路過那片樹林，很多次都聽到了那隻夜鶯的歌聲。」

侍臣高興極了，對小姑娘說：「只要你帶我找到這隻夜鶯，我就給你找份好工作。」小姑娘高興地答應了。

於是，小姑娘帶着侍臣走進了那片大森林。他們走着走着，突然聽到一頭母牛在「哞哞」地叫。「噢，」侍臣高興地說，「我找到夜鶯了，他的聲音多麼洪亮啊！」

小姑娘笑着說：「不，那是牛的叫聲，並

不是夜鶯的歌聲。夜鶯的歌聲更好聽。」

這時，池塘裏的青蛙「呱呱」地叫了起來。

侍臣又說：「真好聽啊，我終於聽到夜鶯的歌聲了。」小姑娘告訴他：「那些是青蛙的叫聲，不是夜鶯的歌聲。」

他們走着走着，終於來到了夜鶯經常唱歌的那片樹林，剛好碰上夜鶯在唱歌，那歌聲真好聽！

小姑娘指着樹枝上一隻灰色的小鳥，高興地說：「那就是夜鶯！他的歌聲多麼動聽啊！」

「他的歌聲聽上去像是小鈴鐺的聲音。」侍臣說，「他唱得多好啊，陛下一定會喜歡的。」

侍臣連忙邀請夜鶯，說：「我的頂呱呱的小夜鶯，你能到皇宮裏去為陛下唱歌嗎？他一定會喜歡你的。」

小夜鶯高興地點點頭，唱得更加動聽了。

皇帝命僕人將夜鶯的演唱大廳布置得十分漂亮。大廳的走廊裏擺放了很多美麗的花，還擺放了一個金子做的架子，方便夜鶯休息，然後邀請皇宮裏的人來聽夜鶯唱歌。

當皇帝讓小夜鶯開始唱歌的時候，所有人都盯着這隻灰色的小鳥。夜鶯唱得多好啊，歌聲打動了每個人的

心，連皇帝都感動得流淚了。

皇帝太喜歡夜鶯了，送給他一條金絲圍巾，但夜鶯沒有接受，他說：「您的眼淚就是送給我最好的禮物。」

皇帝把夜鶯留在了皇宮裏，給他準備了漂亮的鳥籠，還讓十二名僕人來伺候他。不過說實話，夜鶯在皇宮裏過得一點兒都不快樂，因為他非常想念先前唱歌的那片樹林。

不久以後，日本皇帝又送給中國皇帝一份禮物。這份禮物也是一隻夜鶯，不過它是件工藝品。這隻假夜鶯全身都鑲了鑽石，非常漂亮。只要給它上緊發條，它就會唱歌，尾巴還能一上一下地擺動。人們都誇這隻假夜鶯漂亮。皇帝聽了

很高興，也開始喜歡假夜鶯了。

後來，皇帝決定讓假夜鶯和真夜鶯一起唱歌。他認為兩隻夜鶯一起唱歌的話，歌聲會更好聽。但是，結果並非這樣。因為真夜鶯能唱很多歌，他想唱什麼就唱什麼；而假夜鶯除了會唱圓舞曲，其他的什麼都不會。

皇帝有些失望了。這時，皇帝的樂師說：「假夜鶯獨自唱歌時很動聽，它就算把一首曲子唱上三十三遍都不會累。」

於是，皇帝讓假夜鶯單獨給大家唱歌，聽起來確實不錯。再加上它看上去比真夜鶯漂亮，於是人們都開始喜歡這隻假夜鶯了。

就在大家聽假夜鶯唱歌的時候，真夜鶯飛走了，他回到了樹林裏。皇帝發現真夜鶯走了，非常生氣，於是

下令把真夜鶯趕出了自己的國家。

　　現在皇帝只能聽假夜鶯唱歌了。侍臣把它放在皇帝的牀頭，用金銀珠寶圍住它。

　　就這樣，一年過去了，皇宮裏的人都學會了假夜鶯唱的那首歌：「嘰嘰嘰，咯咯咯。」就連皇帝也學會了「嘰嘰嘰，咯咯咯」。真好玩！

　　有一天晚上，假夜鶯唱得正歡快時，肚子卻忽然發出「喊喊」聲，接着便不再唱歌了。

　　皇帝派人把醫生找來，但沒有一個醫生懂得給工藝品治病；皇帝又派人把鐘錶匠找來，總算修理好假夜鶯。不過，鐘錶匠說這隻假夜鶯現在一年只能唱一次歌，不然很容易壞掉。

　　皇帝聽不到夜鶯的歌聲，感到非常寂寞，不久就生病了。

一天夜裏，皇帝睡在牀上時，忽然聽到了悦耳的歌聲。他一下子醒了過來，看見真夜鶯正在站在他的牀頭，為他唱歌呢！皇帝很感激真夜鶯，説：「謝謝你給我唱歌。我以前把你趕走了，很對不起，你能原諒我嗎？」

真夜鶯説：「我可以原諒你。不過，現在你要好好休息，等你身體好了，我就天天為你唱歌。」

在夜鶯的歌聲中，皇帝睡得真香啊！等他睡醒時，已經是第二天了。他看到真夜鶯果然還在他牀邊唱歌呢！

從此，真夜鶯白天前來給皇帝唱歌，晚上回到樹林裏給小動物們唱歌。他們都過得非常快活！

一個豆莢裏的五顆豆

從前有五顆豆子，他們住在同一個豆莢裏。他們晴天的時候一起曬太陽，下雨天一起痛痛快快地洗澡，過得非常開心。

不過，豆子們整天待在豆莢裏，哪裏都不能去，有時也覺得挺無聊的。

一天，其中一顆豆子說：「天天待在這裏真沒意思，真希望能出去看看。」

他的話剛說完，就有人用力把豆莢給拽了下來。於是，五顆豆子就跟着那個豆莢一起進了一個小男孩的口袋。

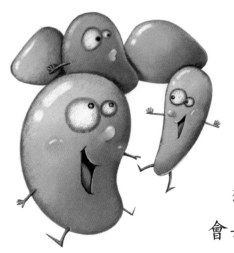

「説不定我們馬上就能出去了。」最瘦的那顆豆子高興地説。

「那就太好了，我最想出去玩了。不過，我們會去哪裏呢？」最胖的那顆豆子説。

這時候，最懶的兩顆豆子忍不住了，一起説：「不要吵了，我們還想多睡一會兒呢！」

只有最小的那顆豆子什麼話都沒説，他想：如果我能出去交個朋友，那該多好啊！

小朋友，你猜小男孩拽豆莢做什麼呢？原來，小男孩的爸爸給他買了一把新玩具氣槍，小男孩想用豆子做子彈呢。他要把豆子塞進氣槍裏，再一顆一顆地射出去。他真是太調皮了！

不一會兒，小男孩剝開了豆莢，「啪啪」五顆豆子都滾到了小男孩的手裏。這五顆豆子

終於出來了，他們一個個長得真結實呀！

　　小男孩拿出氣槍，把最瘦的那顆豆子裝進去，「啪」地一下打了出去。這顆豆子高興極了，大叫：「讓我飛到最遠的地方去吧！」不過，太不湊巧了，一隻鴿子剛好飛過，看見這顆豆子迎面飛來，就不客氣地張開嘴巴，一口吃掉了。

　　接着，最胖的那顆豆子也被射出去了。「好棒啊！看，我要飛到太陽上去了！」他一邊喊，一邊用力地向前飛。可是，我們知道他是飛不到太陽上去的，太陽多麼遠啊！果然，這顆豆子飛累了，不小心

掉進一條臭水溝裏，在裏面躺了幾天，被水浸泡得大大的。

最懶的那兩顆豆子不願意跑那麼遠，趁小男孩不注意的時候，他們悄悄地從小男孩的手裏溜了出來，掉在地上，又骨碌碌地滾進了雞窩裏。

一隻公雞正餓着呢，看見來了兩顆胖乎乎的豆子，高興極了。牠張開嘴巴，一口就把他們吞進了肚子裏。

最後輪到
那顆最小的豆子
了。他在心裏默默祈
禱着：請把我送到能讓我
生根發芽的地方去吧，我想
交個朋友。

　　真幸運，他掉進了一條泥縫
裏，周圍是一些青苔。「這裏看起來還
不錯。」這顆豆子滿意地說。

　　原來，這顆豆子掉在一户貧窮人家的院子
裏。這是一個小女孩的家。小女孩生病了，身
體很差，已經在牀上躺了一年。她的媽媽每天
都得出去工作，賺錢回來給她看病。

　　沒多久，春天來了，這顆小豆子發芽了。
發了芽的小豆子綠茸茸的，真可愛！

　　一天早上，媽媽又要出去工作了，小女孩
多麼捨不得媽媽走呀。可是，她又有什麼辦法
呢，媽媽要賺錢養活她。

　　媽媽走了後，小女孩覺得非常無聊，於是
將腦袋探出窗戶，想看看有什麼好玩的東西。
她一下子就發現了那棵已經發了芽的豆子。小
女孩很高興，心想：總算有個伴可以一起玩了！

　　晚上，小女孩把院子裏長了棵幼苗的事告
訴了媽媽。媽媽往窗外一看，笑着說：「喲，
我以為是什麼呢，原來是棵豆苗啊！」

　　看到小女孩這麼喜歡豆苗，媽媽就把豆苗
的鬚纏在一棵小樹上，好讓這棵豆苗能順着樹
幹一直爬到小女孩家的窗邊，和她做伴。

就這樣，等媽媽出去工作了，小女孩就打開窗戶和豆苗玩。豆苗也為自己交了一位這麼可愛的好朋友而高興，每天都努力地長大，希望能爬到窗戶邊和小女孩握握手。

　　說來真奇怪，隨着豆苗一天天地長大，小女孩的病也慢慢好了。媽媽高興地說：「這棵豆苗一定是神仙送來的，他治好了我女兒的病。」

　　夏天到來了，豆苗終於爬到了小女孩的窗邊。

　　一天早上，小女孩聞到了一陣淡淡的花香。她往窗外一看，豆苗開花了，藤上爬滿了紫色

的小花，漂亮極了！豆苗細細的
綠鬚輕輕地撫摸着小女孩的手背，
就像在跟她握手一樣呢！

拇指姑娘

從前有個女人，她很想要個像拇指一樣大小的孩子。於是，她就去找巫婆幫忙，說：「我想有一個小小的孩子，你能幫我嗎？」

巫婆說：「太簡單了，我給你一顆大麥粒，你把它種下，等到它開花的時候，你就能實現願望了！」女人聽了很高興，回到家裏，立刻把大麥粒種到花盆裏。

大麥粒很快就生根發芽了。沒幾天，一個美麗的大紅花苞長了出來。它的花瓣緊緊地包着，樣子有點像鬱金香。

「瞧，多麼可愛的花苞呀！」女人親了親花苞。

突然，「啪」的一聲，花苞打開了，裏面坐着一個非常嬌小的姑娘！她只有拇指一半大小，因此女人就叫她「拇指姑娘」。

女人用一個亮閃閃的核桃殼給拇指姑娘做搖籃，搖籃裏面鋪着藍色的紫羅蘭花瓣。晚上，拇指姑娘睡覺的時候，就用紅色的玫瑰花瓣當被子。

白天，女人就在桌子上放一盆水，盆子裏放了很多花瓣。拇指姑娘就坐在花瓣上，用兩根白馬毛當槳，唱着歌兒划船玩，從盆子這頭划到那頭，快樂極了！

一天夜裏，拇指姑娘正熟睡時，一隻老癩蛤蟆從窗外跳了進來，剛好跳到了拇指姑娘睡覺的桌子上。「這小姑娘真好看！她可以給我

兒子做妻子。」老癩蛤蟆說着，就背起了裝着拇指姑娘的核桃殼，鑽出了窗户，跳到了外面的花園裏。

這隻老癩蛤蟆和他的兒子就住在花園的小河中。那小癩蛤蟆一看見拇指姑娘，就高興得「呱呱，呱呱」地叫了起來。

「小聲點兒，別吵醒她！」老癩蛤蟆說，「我們得趕緊去布置新房，等她醒了，你們就結婚！」老癩蛤蟆擔心拇指姑娘醒了會逃跑，就把她放在了小河中間的睡蓮葉子上。

一大早，拇指姑娘睡醒了，發現自己在睡蓮葉子上，周圍都是水。一想

到自己沒法回家，她就傷心地哭了起來。

這時，老癩蛤蟆帶着小癩蛤蟆過來了，對拇指姑娘說：「這是我的兒子，你們今晚就結婚吧，你們的新房就在小河邊的爛泥巴裏。」

拇指姑娘不想嫁給長得這麼醜的癩蛤蟆。她心裏難受極了，大聲哭了起來。

河裏的小魚們看見拇指姑娘這麼可憐，就商量說：「多美麗的小姑娘呀，嫁給癩蛤蟆太可惜了！」於是，他們就咬斷了睡蓮的莖。

拇指姑娘坐在睡蓮葉子上，順着河水漂走了。葉子越漂越遠，把拇指姑娘帶到了很遠很遠的地方。

突然，一隻
金龜子飛了過來。
他看到拇指姑娘這
麼美麗，就用爪子抓
住拇指姑娘的腰，帶
着她飛到了一棵樹上。

　　過了一會兒，所有
的金龜子都來看拇指姑娘。
一隻金龜子説：「呀，她只有
兩條腿，長得真醜！」另一隻也説：「是呀，
她長得太像人了，一點兒都不漂亮！」接着，所
有金龜子都説：「是呀，她長得真醜！」

　　把拇指姑娘抓來的那隻金龜子聽見大家都
説拇指姑娘長得醜，就生氣地把拇指姑娘放在
一朵雛菊上，説：「你長得太醜了，我不願意
和你在一起，你愛去哪兒就去哪兒吧！」

　　於是，可憐的拇指姑娘只能一個人孤單地
在森林裏生活。她用葉子給自己織了一張牀，

餓了就吃花蜜，渴了就喝葉子上的露水。就這樣，拇指姑娘度過了夏天和秋天。

接着，寒冷的冬天來了，所有鳥兒都飛去了南方，樹木和花朵也都凋謝了。拇指姑娘又冷又餓，凍得直發抖。

她來到了一隻田鼠的家門口，想要討點東西吃。這隻田鼠就住在麥草底下的洞裏，可憐的拇指姑娘站在門口，就像個乞丐一樣。

這隻田鼠很善良，對拇指姑娘說：「進來吧，我們一起吃飯。只要你天天幫我打掃房間，給我講故事，你就可以留下來和我一起過冬。」

拇指姑娘高興地點了點頭。就這樣，拇指姑娘和田鼠住在一起，日子過得很快樂！

有一天，田鼠高興地對拇指姑娘說：「今天我有一位老朋友要過來。他非常有錢，他的房子非常大，還穿着漂亮的黑天鵝絨大衣。你要是有這麼一位丈夫就好了！」

不過，拇指姑娘一點兒都不喜歡這位客人，因為他是一隻鼴鼠。

吃過飯後，田鼠讓拇指姑娘唱歌給鼴鼠聽。拇指姑娘的歌聲多麼動聽啊，鼴鼠一下子就愛上了拇指姑娘。不久，鼴鼠挖了一條地道，把他的家和田鼠的家連接起來，這樣他就可以經常來田鼠家看望拇指姑娘了。

有一天，鼴鼠邀請拇指姑娘到他家做客。拇指姑娘在地道裏看到了一隻快要凍死的燕子，

非常同情他，心想：也許這就是在夏天為我唱歌的小鳥，他多麼可憐呀！

拇指姑娘傷心極了。她回到田鼠家後，悄悄地用乾草織了一塊漂亮的大毯子，把毯子蓋在燕子身上，希望能讓燕子暖和一點。

過了一會兒，燕子輕輕地動了一下，啊，他蘇醒過來了！

第二天早晨，拇指姑娘來看望燕子。燕子感激地說：「謝謝你，美麗的姑娘！等春天來了，我就可以在暖和的陽光中自由地飛行了！」

　　從此，每天夜裏，拇指姑娘都會悄悄地來看望燕子，還給他帶來很多食物。他們倆商量好春天來了就一起離開這裏。

　　春天終於來了，燕子又可以快樂地飛行了。一天早晨，燕子背着拇指姑娘離開了田鼠洞。他們來到了一個美麗的大花園裏，燕子把拇指姑娘放在了一朵最美麗的玫瑰花上。

　　這朵花裏住着一個一丁點兒大的男孩。他頭上戴着王冠，背上還長着美麗的翅膀，看上去真英俊呀！原來，他是花王子。

花王子對拇指姑娘説：「你真漂亮。美麗的小姐，你願意嫁給我嗎？」拇指姑娘也很喜歡花王子，聽到他的話後，害羞地點了點頭。

　　他們結婚那天，很多花精靈都前來祝賀。他們對拇指姑娘説：「你真美麗！從此以後，你就是我們的王后了。」

　　那隻燕子也來了。他高興地「啾啾，啾啾」唱着歌，跳着最好看的舞蹈，為拇指姑娘送上最真誠的祝福！

野天鵝

在很遙遠的地方有個王國，那裏的國王有十一個王子和一個小公主。王子們都很聰明，小公主愛麗莎是個非常美麗的女孩。國王和他的孩子們過得幸福極了！

可是有一天，王后因病去世了。不久，國王娶了一個非常壞的女人。她一點兒都不喜歡這些孩子，還把愛麗莎送到了鄉下，交給一戶農家收養。

一天，壞王后趁國王不在家，對王子們施了魔法，她說：「你們變成

不會說話的大鳥飛走吧！」王后本來想把這些王子變成很醜的鳥兒，可是王子們太善良了，魔法沒完全起作用。結果，他們都變成了美麗的野天鵝。

小公主愛麗莎還不知道哥哥們都變成了野天鵝，天天都想念着他們。日子一天天過去，愛麗莎長得越來越漂亮了。

愛麗莎長到十五歲時，國王把她接回了王宮。壞王后看到愛麗莎這麼美麗，非常妒忌。於是，她又想出了一個壞主意。她把胡桃汁

擦到愛麗莎的臉上，還
把愛麗莎的頭髮弄得亂糟糟
的。國王看到愛麗莎這個樣子，嚇壞
了，就說：「哪裏來的醜女孩？你不是我的女
兒，快滾出去！」

愛麗莎大哭着離開了王宮。她太想念哥哥
們了，於是決定去找他們。她走了整整一天，
最後來到一座大森林裏。

愛麗莎累壞了，走到一條小溪旁準備喝點
水。溪水真清澈呀，愛麗莎剛彎下腰，就看到
了自己的醜模樣。她嚇壞
了，趕緊在小溪裏洗了個
澡。

愛麗莎洗完澡後，繼
續往前走。她渴了就喝露
水，餓了就吃野蘋果。不
知道走了多久，
最後，愛麗莎

在森林裏遇見了一位老婆婆。

愛麗莎問道：「你好啊，老婆婆。你有沒有看見十一位王子騎着馬穿過森林？」

「沒有。」老婆婆說，「但是昨天晚上我看見了十一隻野天鵝。牠們頭上戴着小王冠，就在前面的海灘上休息呢。」

愛麗莎告別了老婆婆，接着往前走，一直走到大海邊。她坐在海灘上，等着那些野天鵝的到來。

太陽快下山的時候，愛麗莎看到十一隻頭戴王冠的野天鵝飛了過來。等牠們落到海灘上時，野天鵝居然變成了王子。

愛麗莎一眼就認出了他們是自己日夜想念的哥哥們。

哥哥們看見愛麗莎都很高興，走過去熱情地擁抱她。過了一會兒，大哥哥說：「妹妹，我們被施了魔法，白天變成野天鵝，只有在晚上才能變回人形。我們住在海的另一邊，明天

就要回去了，要過一年才能再回來。」

愛麗莎聽了，傷心地哭了起來。

另一個哥哥過來安慰愛麗莎道：「不要哭，愛麗莎，我們會把你帶走，絕不會讓你單獨留在這裏。」於是他們用柳條和燈芯草織了一張大網，讓愛麗莎坐到上面去。

太陽出來了，王子們又變成了野天鵝。他們叼起那張網，帶着愛麗莎飛上了天空。

傍晚的時候，野天鵝們帶着愛麗莎回到了他們住的岩洞。洞裏爬滿了青藤，非常美麗。

可是，愛麗莎完全沒有注意到這些，她一直在想：怎樣才能救哥哥們呢？

晚上，愛麗莎夢見了森林裏的那位老婆婆。老婆婆說：「愛麗莎，你用蕁麻葉織十一件長袍子吧！只要把這些長袍披在你哥哥們的身上，魔法就能解除了。不過，在那些長袍織好之前，你不能說一句話，不然你的哥哥們就會死去！」

蕁麻葉上長滿了尖刺，摸上去手像被火燒一樣痛。可是愛麗莎一點兒都不怕，她一心要救哥哥們。她採摘了很多蕁麻葉，坐在岩洞裏不停地織着長袍。

晚上，哥哥們回來後，看到愛麗莎織的長袍，馬上明白是怎麼回事。看着愛麗莎滿是水泡的手，哥哥們難過地哭了起來。但是愛麗莎

牢記老婆婆的話，一句話都不和哥哥們説。

　　一天早上，愛麗莎上山去採摘蕁麻葉時，遇到了一位年輕的國王。國王看到愛麗莎這麼美麗，要把她帶走。可憐的愛麗莎一句話都不能説，只好跟着國王去了王宮。

　　愛麗莎穿上美麗的衣服後，變得更加漂亮了。國王很喜歡愛麗莎，就和她結婚了。

　　愛麗莎和國王結婚後，繼續織着蕁麻長袍。白天她在自己的房間裏織長袍，晚上就偷偷跑出去採蕁麻葉。

　　一天夜裏，愛麗莎出去採摘蕁麻葉的時候，被大主教發現了。

大主教悄悄告訴國王說：「王后是一個女巫，我們必須處死她。」可是國王太喜歡愛麗莎了，沒有相信大主教的話。

當愛麗莎織好第十件長袍時，蕁麻葉又用完了。她只好趁晚上出去採摘蕁麻葉。

大主教一看見愛麗莎出去了，就去告訴國王，並帶着國王跟蹤愛麗莎，說：「瞧，王后到墓地去了，她一定是女巫！」國王很生氣，決定第二天燒死愛麗莎。

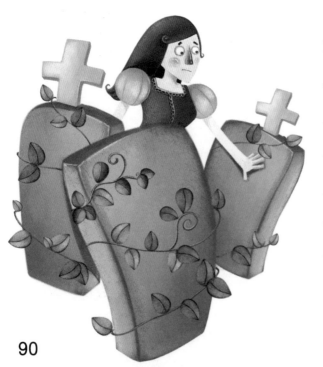

士兵們把愛麗莎關進了牢房，所有人都嘲笑她。愛麗莎感到委屈極了，可是為了哥哥們，她一句話都沒說，繼續織最後的那件長袍。

第二天，全城的人都跑來看女巫是怎麼被燒死的。愛麗莎坐在馬車上，拼命地織着最後一件長袍，而織好的十件長袍就放在她身邊。

「這個女巫還在織那些難看的長袍呢！我們把那些長袍撕碎吧！」人們喊着。突然，十一隻野天鵝飛到馬車上，用翅膀把愛麗莎保護起來。

劊子手走向愛麗莎，準備對她行刑了。愛麗莎連忙把十一件長袍拋向野天鵝，野天鵝馬上就變成了十一位年輕的王子。只是最小的那位王子還留着一隻翅膀，因為他的那件長袍還有一隻袖子沒有織完。

愛麗莎說：「現在我終於可以說話了。我是清白的。」可是，她實在太累了，說完就暈

了過去。她的大哥哥把他們所遇到的不幸告訴了人們。

就在大哥哥說話的時候，一陣香氣徐徐地散開。原來，火刑台上的木柴都生了根，發了芽，開出了十分美麗的玫瑰花。

國王摘下一朵最美麗的玫瑰花，插在愛麗莎的頭髮上。他吻了吻愛麗莎，愛麗莎就醒了過來。

國王拉着愛麗莎的手回到了王宮。從此，愛麗莎和哥哥們都過上了幸福的生活。

老頭子做的事總是對的

在遙遠的鄉下，住着一對老夫妻。他們很貧窮，除了一匹馬，什麼也沒有，但是他們過得很快樂。

有一天，老太婆說：「老頭子啊，今天鎮上有市集，你把那匹馬牽到鎮上去賣點錢，或者換點別的好東西吧。」

老頭子快活地答應了。

於是老太婆給老頭子繫上圍巾，戴上帽子，又親了老頭子一下，說：「路上小心點，快去快回！」老頭子高高興興地出門了。

天氣真炎熱，路上沒有一棵樹可以遮陰乘涼的。老頭子一邊擦着汗，一邊趕路。

不一會兒，他看到有個人趕着一頭奶牛迎面而來。老頭子心想：多好的奶牛啊，我用馬來換這頭奶牛，倒是筆好買賣，以後我和老太婆就有牛奶喝了！

老頭子趕緊上前和那個趕奶牛的人打招呼：「嘿，朋友，你聽我說，我敢說馬肯定比奶牛值錢，但是我一點兒都不在乎。我用馬來換你的奶牛，好嗎？」

「真是
傻老頭兒啊！」
趕奶牛的人高興壞了，覺
得自己撿了個大便宜。

老頭子趕着奶牛繼續往前走。不一會兒，
他又看見一個牽着羊的人。老頭子心想：有隻
羊也不錯啊，我們家周圍有很多青草可以給牠
吃，冬天可以把牠帶到房間裏，這樣一來我和
老太婆就不會寂寞了。

於是，老頭子又把奶牛換成了羊。老頭子
趕着羊，唱着歌，繼續往前走。不久他又遇到
了一個人，他手裏抱着一隻鵝。老頭子心想：
多肥的鵝啊！用繩子拴着牠，讓牠在我們家門
口玩水，一定很有趣。前幾天老太婆還説想買
隻鵝呢！

於是，老頭子又把羊換成了肥鵝，抱着牠歡歡喜喜地往前走。

這時，突然有隻雞「咯咯咯，咯咯咯」地叫着從路邊跳了出來。「多好的一隻雞啊！雞還會自己去找吃的。要是我能用鵝來換牠，該多好呀！」老頭子高興地想。雞的主人一聽說老頭子要和他交換，就高興地答應了。

這時已經到了中午，老頭子做了一路的買賣，累壞了，就到一家酒館裏吃飯。

剛好有一個客人背了一大袋東西出來。「你袋子裏裝了什麼？」老頭子問那個人。

「爛蘋果，」那人說，「一袋子都是。」「真是太好了！」老頭子一邊說，一邊想：把蘋果曬乾後，就可以做成好吃的果脯，老太婆肯定喜歡！

「嘿，朋友，我用這隻雞來換你的蘋果，好嗎？」老頭子問那個人。那個人聽了，高興地抱起雞就走了，把爛蘋果留給了老頭子。

老頭子又做成了一筆買賣。他開心極了，就把爛蘋果放在火爐邊，要了一瓶酒喝起來。

桌子對面坐着幾個英國商人，老頭子一邊喝酒，一邊和他們聊天。他把自己一路上所做的買賣都告訴了英國商人。

「哎呀，等你回到家，你妻子一定會狠狠地罵你一頓的。」其中一個英國商人說。

老頭子聽了，搖搖頭說：「什麼？老太婆罵我？才不會！她不但會親我，還會說『老頭子做的事總是對的』。」

97

「好！我們打賭好了。要是我們輸了，這袋金幣就送給你。」英國商人說。

「好極了！」老頭子高興地說。

為了看熱鬧，酒店老闆特意趕來了自己的馬車，親自送老頭子和英國商人去老頭子家。老頭子抱着爛蘋果跳下馬車，喊道：「老太婆，我回來了！」

「太好了，老頭子，東西換回來了嗎？」老太婆問他。

老頭子就把自己先用馬換牛，再用牛換羊，然後用羊換鵝，又用鵝換雞，最後用雞換爛蘋果的經過，詳細地說了一遍。

　　老太婆聽完，高興地說：「太好了，我正想用爛蘋果做蘋果蛋糕呢！老頭子做的事情總是對的！」說完，還親了老頭子一下。

　　英國商人和酒店老闆都傻了眼，過了半天才清醒過來。

　　英國商人說：「我知道了，如果一個妻子認為自己的丈夫不管做什麼事都不會錯，那麼她是最幸福的！」說完，就把一袋子金幣送給了老頭子，然後高高興興地回去了。

笨蛋漢斯

　　鄉村裏有一個財主，他有三個兒子。他非常喜歡大兒子和二兒子，覺得他們是世界上最聰明的人。他最不喜歡小兒子漢斯，還經常說漢斯是個笨蛋。

　　一天，報紙上登了一條消息：公主要找個聰明人做丈夫。老大和老二自認為很聰明，

就商量着一起去向公主求婚。

　　他們倆準備了整整一個星期。

　　大兒子背熟了整本拉丁文字典，還背下了最近三年的報紙上的內容；二兒子把每條法律都記得清清楚楚，還學會了在背帶上繡玫瑰花。

　　財主看到兩個兒子這麼努力，高興極了。他給老大準備了一匹黑馬，給老二送了一匹白馬。他說：「我的好兒子們，祝你們好運！」

　　這時，笨蛋漢斯走過來了，他說：「哎，你們穿得這麼漂亮，準備到哪裏去呀？」

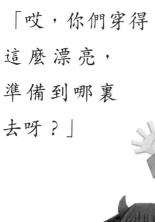

「你不知道報紙上登的那條消息嗎？我們準備去王宮向公主求婚呢！」兩個哥哥驕傲地說。

笨蛋漢斯聽了，高興地拍着手說：「太好了，我也去！我正打算結婚呢！」

兩個哥哥聽了，哈哈大笑，就騎着馬出發。他們可不想和笨蛋漢斯一起去。

笨蛋漢斯對財主說：「爸爸，給我一匹馬吧，我要去向公主求婚！不管公主要不要我，我都要娶她為妻，我一定要娶到她！」

財主聽了，生氣地說：「別胡說了，你這麼笨，公主怎麼會嫁給你呢？我不會把馬給你的！」

「好吧，如果你不願意給馬，就送我一隻公山羊吧，我可以騎着羊去王宮。」笨蛋漢斯又對財主說。

財主被笨蛋漢斯纏得沒辦法，只好答應了。

　　笨蛋漢斯騎上公山羊，沿着大路飛快地跑起來。「嘿，這才騎得痛快呢！」他高興說，還唱起了歌。

　　不一會兒，笨蛋漢斯就趕上了兩個哥哥。他開心地說：「喂，我趕上你們了！」但兩個哥哥都沒有理會他。他們正在準備要對公主說的話呢！

　　「瞧瞧我在路上撿到的好東西吧！」笨蛋漢斯把一隻死烏鴉拿給兩個哥哥看。哥哥們看了，說：「笨蛋，你要拿牠來做什麼呀？」

　　「那還用說嗎？我要把牠送給公主。」笨蛋漢斯得意地說。「好吧，那你就送吧。」兩個哥哥大笑着騎馬走了。

　　過了一會兒，笨蛋漢斯又在後面喊道：「喂，我來了，瞧我又撿到了什麼好東西！」

103

　　兩個哥哥扭頭一看，只見笨蛋漢斯手裏提着一隻舊木頭鞋子，就問：「你打算把這隻鞋子也送給公主嗎？」

　　笨蛋漢斯高興地說：「當然了，這是我特意為公主準備的！」兩個哥哥聽完又大笑起來。

　　又過了一會兒，笨蛋漢斯再次追上兩個哥哥。他舉着一個袋子高興地說：「瞧，我的運氣真是太好了，我又找到了一樣寶貝！」兩個哥哥聽了很好奇，問：「袋子裏裝了什麼寶貝呀？」

　　笨蛋漢斯得意地回答：「是最好的泥巴！瞧，泥巴多滑呀，用手都揑不住它們！」兩個哥哥聽了，覺得笨蛋漢斯實在太笨了，再也不想聽

他囉唆，就快馬加鞭向
王宮趕去。

　　兩個哥哥很快就到了王宮。他們報過名
後，就站在門口排隊。求婚的人真多，排成的
隊伍有好幾百米長呢！笨蛋漢斯來得最晚，排
在了隊伍中的最後一個。

　　美麗的公主坐在大廳裏的火爐旁邊，窗邊
站了三個秘書和一個秘書長，他們負責將求婚
者說的每一句話記下來，第二天就把這些話發
表到報紙上去。

　　很多求婚者都是高高興興地走進大廳，不
一會兒就被轟了出來。公主生氣地說：「真是
一羣笨蛋，全都給我滾出去！」

終於輪到了老大。老大一走進大廳，就把背熟的拉丁文字典忘得乾乾淨淨。他站在那裏，好一會兒才説一句話：「這裏真熱呀！」

公主就説：「是呀，父王今天要烤雞肉吃。」老大沒想到公主會説這樣的話，一下子傻了，一句話也説不上來。公主看着老大的傻樣子，生氣極了，就説：「一點兒用都沒有，滾開！」

接着輪到老二了。他一進大廳就説：「這裏好熱呀！」「沒錯，我父王要烤雞肉吃。」公主説。老二聽了這話也傻了：「什麼……什麼……」他一下子口吃了。公主看都沒看他，就説：「帶他出去，真是個笨蛋！」

過了好一會兒，才輪到笨蛋漢斯。他是騎

106

着山羊進大廳的，一進門就説：「哎呀，這裏太熱了！」「是的，我父王想吃烤雞肉。」公主説。

笨蛋漢斯一聽，高興極了，就説：「太好了，我也正要烤一隻烏鴉吃呢！」「歡迎你來烤！不過你沒有鍋子，怎麼烤呢？」公主問。

笨蛋漢斯拿出木鞋子，把烏鴉放了進去，得意地説：「瞧，這不是鍋子嗎？鍋子上還有個鐵鏈子呢！」

公主聽到後笑了，説：「我們要到哪裏去找調味料呢？」笨蛋漢斯得意地舉着那袋泥巴説：「我這裏有很多呢，你可以隨便用！想用多少就用多少！」

公主高興極了，説：「你真聰明！不管我説了什麼你都

接得上來，我願意做你的妻子。

你看到那幾個秘書了嗎？他們記下了我們說的每一句話，明天我們的對話就會發表在報紙上。」「太好了，真是辛苦你們了，我應該送你們點好東西！」笨蛋漢斯笑着對那幾個秘書說，然後把那一袋子的泥巴抹在了他們的臉上。

看到這些，公主很高興，對笨蛋漢斯說：「你真聰明，我願意嫁給你！」

就這樣，笨蛋漢斯娶了美麗的公主做妻子，最後還當上了國王。他和公主一起生活，每天都過得很幸福。

打火匣

公路上有個士兵，他背着背包，正邁着大步走着。他走到一個路口的時候，遇見了一個巫婆。

「你好呀，士兵。只要你肯幫我一個忙，我可以給你很多錢！」巫婆對士兵說。

士兵高興地說：「太好了，我很樂意幫忙。你要我怎麼幫助你呢？」

巫婆指着身旁的一棵大樹説：「你爬到這棵樹的樹頂，會看見一個大窟窿，沿着窟窿，你就可以一直爬到樹底。」

士兵覺得奇怪，就問：「我到樹裏去要做什麼呀？」巫婆説：「拿錢呀！到了樹底，你會看到一個大廳，裏面有三扇門，鑰匙就在門上。這三扇門裏分別放着金幣、銀幣和銅幣。」

巫婆還告訴士兵：「打開這三扇門後，你會看到每間房的地板上都有個大箱子，每個箱子上都蹲着一隻很可怕的狗。不過你不用害怕，我把我的圍裙給你，你把它鋪在地上，再把狗放在圍裙上，就沒事了。你打開箱子，想拿多少錢就拿多少錢。」

110

士兵高興地拍着手，說：「真是一筆好買賣，不過你要什麼東西呢？」

　　巫婆說：「我一分錢都不要，只要你找到一個舊打火匣，把它送給我就行了。」

　　士兵答應了。於是，他繫上繩子，拿着巫婆的舊圍裙，沿着樹窟窿來到了樹底。那裏真的有一個大廳，大廳裏還有三扇門。

　　士兵打開第一扇門。啊，箱子上面的狗太可怕了！牠的眼睛像茶杯一樣大，正盯着士兵看呢。

　　不過士兵一點兒都不害怕，他把巫婆的圍裙鋪在地上後，再抱起狗放在圍裙上，然後打開了箱子，拿了很多銅幣。

接着士兵來到第二個房間。呀，這裏蹲着的狗更可怕，眼睛大得像車輪！

不過士兵一點兒都不怕，他抱起這隻狗，也把牠放在了圍裙上。他打開箱子，發現裏面裝滿了銀幣。士兵扔掉銅幣，裝了滿滿的一包銀幣。

接着他走進了第三個房間。這裏的狗長得更嚇人，牠的眼睛大得像座塔，還會骨碌碌地轉呢。士兵嚇了一跳，趕緊向這隻狗敬了個禮。接着，他壯着膽子把這隻狗放在了圍裙上。

他打開了箱子，天哪，裏面的金幣真多呀！於是，士兵扔掉銀幣，裝了滿滿一大包的金幣。

士兵收拾好背包後，就向樹外喊：「把我拉上去吧。」巫婆問他：「拿到打火匣了嗎？」

「我忘記了，你等一下。」士兵說完，立刻回去拿打火匣。接着，巫婆把他拉了上來。

「你要這個打火匣做什麼？」士兵好奇地問巫婆。

「這不關你的事，」巫婆生氣地說，「快把打火匣給我。」

士兵說：「你不說，打火匣就不給你。」巫婆不肯說，士兵就把打火匣放在了自己的口袋裏，然後背着金幣走了。

不一會兒，士兵來到了一座漂亮的城市。他住進了最好的旅館，買了很多愛吃的東西，在城裏過起了好日子。他天天都去劇院看戲，

坐着馬車到處玩。人們見士兵這麼有錢，都來和他做朋友。

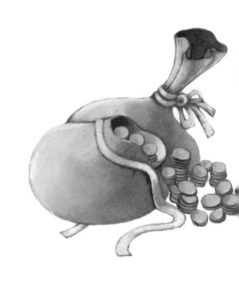

士兵這樣快樂地生活了幾個月後，就把錢花光了。於是，他不得不搬出漂亮的旅館，住進了破房子裏。

一天晚上，士兵買了根蠟燭，突然想起口袋裏的打火匣，就把它拿出來，用火石擦了一下。「嘩」的一聲，那隻眼睛像大茶杯似的狗站在了士兵的面前。「主人，您有什麼吩咐？」狗問士兵。

士兵高興極了，他總算知道了這個打火匣的秘密。他對狗說：

「去給我拿些錢來。」
不一會兒，狗就叼了
滿滿一袋銅幣回來。

士兵這才知道，
只要擦一下打火匣，
管理銅幣的狗就會出
現；擦兩下，管理銀幣的狗就
會出現；擦三下，則會召喚出
那隻守着金幣的狗。

士兵又有了許多錢，他又住到了漂亮
的房子裏，穿上了好看的衣服。他的那些朋友
又來找他玩了。

有個朋友告訴士兵：「國王有個美麗的公
主，她就住在王宮裏。不過國王不准任何人見
她，因為神仙説公主將會嫁給一個普通士兵。」
士兵很好奇，心想：我倒想看看她。

晚上，士兵用火石擦了一下打火匣，眼睛
大得像茶杯的狗就立刻出現了。

士兵對牠說：「快去把公主帶到我這裏來。」

不一會兒，狗就背着公主回來了。公主長得真漂亮呀！士兵忍不住吻了一下公主，接着又讓狗把公主背回王宮去。

到了早上，公主和國王、王后一起吃早餐的時候，說起了自己的一個夢：「多麼奇怪呀，我昨晚夢見了一個士兵和一隻狗，那個士兵還吻了我一下。」

王后說：「這個夢的確很奇怪！」

到了晚上，王后就派了個宮女守在公主的牀邊，想看看到底是怎麼回事。

士兵實在太想念公主了，這天夜裏又讓狗去王宮裏把公主背來。

宮女看見一隻狗背着公主跑了出去後，連忙跟着狗跑出來。她看見狗背着公主進了一座大房子裏，就用粉筆在那座房子的門上畫了個圈做記號。

　　狗送公主回王宮的時候，發現了那個記號，就用粉筆在全城的所有門上都畫了個圓圈。

　　第二天一大早，宮女帶着國王和王后去找那座房子，可是他們發現城內所有門上都畫了個圓圈，怎麼也找不着那座房子了。

　　王后很聰明。她做了個袋子，並在袋子裏裝滿了蕎麥粉，又在袋子上剪了個洞，然後把這個袋子掛在了公主的脖子上。這樣，晚上狗再來背走公主的時候，蕎麥粉就會從袋子裏

漏出來。

夜裏，狗又來背走公主。不過，這次牠沒有發現路上的蕎麥粉。

第二天，國王和王后沿着蕎麥粉找到了士兵。他們把士兵關進了大牢裏，打算處死他。

國王命人準備好了刑場，然後和王后坐在寶座上，準備審判士兵。

不過，士兵一點兒也不害怕。他拿出打火匣，把那三隻狗都叫了過來。

這三隻狗長得實在太嚇人，國王和王后都嚇壞了！於是他們趕緊對士兵說：「嚇死我們了，求求你趕緊把狗弄走吧，我們願意把公主嫁給你！」

就這樣，士兵和公主結婚了。婚禮慶祝了整整一個星期。從此以後，士兵和公主過得快樂極了！

紅鞋子

從前，有個小女孩叫珈倫，她長得漂亮極了。可是，她家裏很窮。在夏天，她只能光着腳走路；在冬天，她也只能穿一雙木頭鞋子，腳被鞋子磨得通紅。

村子裏住着一位年老的鞋匠，他非常喜歡珈倫，就做了一雙紅鞋子送給她。珈倫很喜歡這雙紅鞋子，連睡覺都捨不得脫下來。

有一天，珈倫的母親去世了。珈倫給母親送葬的時候，仍不肯脫下那雙紅鞋子，大家看了都很不高興。

這時，有一輛舊馬車經過，裏面的老太太看見了珈倫，就對牧師說：「讓我把

這個小女孩帶走吧，我會好好照顧她的！」

於是，珈倫就跟着老太太來到了城裏。老太太給她買了很多漂亮的衣服，卻燒掉了那雙紅鞋子，老太太覺得它們太難看了。

有一天，王后帶着小公主來到這個城市玩，很多人站在馬路旁看熱鬧。珈倫看見小公主穿着漂亮的禮服，腳上還穿着一雙美麗的紅鞋子，她羨慕極了！

慢慢地，珈倫長大了，可以到教堂接受洗禮了。老太太想給她買雙新鞋子。她們走進一間鞋店，櫥窗裏擺滿了好看的鞋子。珈倫一眼就看中了一雙紅鞋子，

心想：它們多麼漂
亮呀！

珈倫指着紅鞋
子説：「婆婆，我
想要這雙鞋子。」
老太太有老花眼，
看不清那是什麼顏
色，就問：「孩子
啊，這雙鞋子是什
麼顏色的？」

「黑色的。」珈倫欺騙老太太説。老太太
聽了，滿意地點點頭，買下了那雙鞋子。

第二天，珈倫就穿着這雙紅鞋子去教堂。
一路上，許多人都盯着珈倫的紅鞋子看，珈倫
得意極了！

當牧師給珈倫洗禮的時候，珈倫還在想着
自己的紅鞋子，她一點兒都沒有把牧師的話聽
進去。

「多奇怪的女孩呀，竟然穿着紅鞋子來教堂。」人們悄悄地議論着。

這些話剛巧被老太太聽到了，她生氣地對珈倫説：「以後到教堂不准再穿紅鞋子，要穿黑鞋子。」第二天，老太太就去商店給珈倫買來了一雙黑鞋子。

又到了星期天，珈倫起牀後，先看看黑鞋子，再看看紅鞋子。最後，她還是穿上紅鞋子去教堂。

在路上，珈倫看到了一個拄着拐杖的瘸腿老兵。老兵對珈倫説：「小姑娘，你的鞋子多麼漂亮呀！跳舞的時候穿着它們最合適了」

珈倫心裏高興極了，她拉着老太太的手走進教堂。在教堂裏，珈倫什麼都不想聽，也沒有唱讚美詩，她一心想着自己的紅鞋子。

當珈倫和老太太從教堂走出來時，那個老兵就站在教堂門外，他大聲地說：「天哪，多麼漂亮的舞鞋啊！」

珈倫聽了，忍不住跳起舞來。可是珈倫跳着跳着，發現自己怎麼都停不下來了，腳上的鞋子好像中了魔法似的，她只好一直跳下去。

珈倫跳着舞繞過了教堂，車夫只好追上去拉住珈倫，把珈倫抱到馬車上，但是珈倫的腳還在跳。最後，老太太幫她脫掉了鞋子，珈倫才停了下來。

一回到家，老太太就把紅鞋子放進櫃子裏，不准珈倫再穿。過了幾個月，老太太生病了，而且病得很嚴重，大家都說老太太很可能要去世了，要珈倫好好照顧老太太。

123

可是那天晚上，城裏剛好有一個舞會，珈倫很想去參加。她看了看櫃子裏的紅鞋子，心想：我就穿一會兒，然後就馬上脫下來。可是她一穿上紅鞋子，兩條腿又開始跳舞了。

珈倫想向右走，可是鞋子卻跳着舞往左走。珈倫本來想走進房間睡覺，可是鞋子卻跳着舞走下樓梯，穿過街道，出了城門。

珈倫就這麼跳着舞，一直跳到了黑森林裏。突然，珈倫看到了那個老兵，他坐在樹椿上，點着頭說：「天哪，多麼好看的舞鞋！」

珈倫嚇壞了，她想把紅鞋子甩掉，但是紅鞋子牢牢地黏在她的腳上。珈倫扯破了長襪子，但鞋子還是脫不下來。原來，紅鞋子已經長在珈倫的腳上了。

珈倫跳呀跳呀，跳着舞走過田野，穿過森林，不管是颱風還是下雨，不管是黑夜還是白天，都沒有停下來。

當珈倫跳着舞經過教堂的時候，她看見了一個天使。天使生氣地看着珈倫，說：「你是個驕傲的壞孩子，你要穿着這雙紅鞋子一直跳下去，直到你變老為止。」

　　「請您原諒我吧！」珈倫哭着說。但是她還來不及和天使說話，鞋子已經帶着她跳過了教堂，穿過了大路，來到了田野。

　　有一天早上，珈倫在大街上跳着舞，看到人們正抬着老太太的棺材走向墓地。她傷心極了，很想停下來再看看老太太，卻怎麼也停不下來。

　　鞋子帶着珈倫穿過荊棘，她的衣服被刮破了，渾身是血。

　　最後，珈倫來到劊子手那裏。她對着劊子手喊道：「求你救救我吧，我不停地跳舞，怎麼樣都停不下來。」劊子手

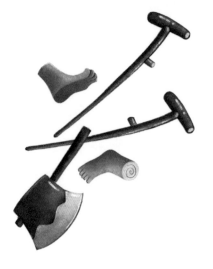

覺得奇怪，問：「這是怎麼回事呀？」珈倫便把自己犯過的錯告訴了劊子手。

劊子手砍掉了珈倫的兩隻腳，珈倫總算停下來了。

劊子手又給珈倫做了兩隻木頭腳和兩根拐杖。珈倫想：我現在要到教堂去懺悔，希望上帝能夠原諒我！

從此以後，珈倫白天坐在教堂裏認真地讀着《聖經》，晚上就在家裏辛勤工作。

所有孩子都喜歡她。當小孩子們說到漂亮的衣服時，珈倫就會搖搖頭，說：「我們不應該做虛榮的孩子，應該勤勞地工作。」

就這樣過了一年又一年。一天，太陽暖洋洋地照着大地，珈倫正讀着讚美詩呢，一位天使微笑着走了過來。

天使手裏拿着一束玫瑰花，他用玫瑰花碰了碰天花板，玫瑰花碰過的地方就閃耀起一顆

顆星星。他再用玫瑰花碰了碰牆，牆就打開了，珈倫看到過世了的母親和老太太，她們都微笑地看着她，說：「做得很好，珈倫，我們愛你！」

最後，天使用玫瑰花碰了碰珈倫的那雙木頭腳。「唰」地一道光閃過，珈倫的木頭腳變成了真正的腳！

珈倫高興得哭了，心想：我總算得到大家的原諒了，多麼好呀！

現在，珈倫的心裏充滿了陽光，她感到非常幸福。

給孩子的世界經典故事

安徒生童話

編　　著：幼獅文化
繪　　圖：王珠光
責任編輯：容淑敏
美術設計：張思婷
出　　版：園丁文化
　　　　　香港英皇道499號北角工業大廈18樓
　　　　　電話：（852）2138 7998
　　　　　傳真：（852）2597 4003
　　　　　電郵：info@dreamupbooks.com.hk
發　　行：香港聯合書刊物流有限公司
　　　　　香港荃灣德士古道220-248號荃灣工業中心16樓
　　　　　電話：（852）2150 2100
　　　　　傳真：（852）2407 3062
　　　　　電郵：info@suplogistics.com.hk
印　　刷：中華商務彩色印刷有限公司
　　　　　香港新界大埔汀麗路36號
版　　次：二〇二三年一月初版
　　　　　二〇二三年八月第二次印刷

ISBN: 978-988-76583-6-8
Traditional Chinese Edition © 2023 Dream Up Books
18/F, North Point Industrial Building, 499 King's Road, Hong Kong
Published in Hong Kong SAR, China
Printed in China